ユリカモメの来る町

中埜由季子 歌集

Nakano Yukiko

青磁社

ユリカモメの来る町＊目次

中埜由季子歌集

ユリカモメの来る町

ユリカモメ

春の日はたちまち暮れて窓のべに君と語りゐき星ひかるまで

東山の芽吹きのきほひたぎるもの運び来る夜《よは》の風と思ひき

辛うじて見えゐし塔が夕茜弾くまで四月の雲霽れわたる

しろじろと盛りあがり咲く花びらのあひだあひだの朝ぞらの青

雨あがりの光《かげ》いとほしくにほふかな薄紅《うすくれなゐ》の御苑の花は

思惟ひとつまとまりがたく苦しめば楠の若葉は青葉となりぬ

みそぎとふ夏越《なごし》の祓《はらへ》をはりしかば螢とぶとぞならの小川に

脚悪く病める一羽のユリカモメやすらふ河原寒く夕映ゆ

いちめんに花あふれ咲き散る庭に老母いませずいぬたで群るる

透きガラス愛《かな》しく撃ちて朝鳥の鳴きしきるこゑ一瞬のこゑ

窓のべにわが立つ時にせまりつつ彼方に輝くペルセウス流星群よ

軍機はた何の爆音ぞといぶかしめど厚き雲垂れひろごるばかり

氷《こほり》いろの雲厚き夜の京都市上空を爆音つらぬる十五分ほど

冬夜尖る飛行音ありて湯豆腐の湯気のふるへる祇園にゐたり

希望

この夜闇幾層の梅雨雲かみながらジェット軍機の音ひとつ来る

遠ぞらに夏のオリオンかがよひて澄む庭あをき梅の実あまた

いつせいにうら山に鳴く蟬のこゑさながらかがやくそのこゑ熱く

いましがた語らひし部屋見下ろして抹茶の香りひろくかがよふ

消し難き希望《のぞみ》捨つるといふことのなきまま堪ふる沈黙がある

金魚太き身をよぢらせて息を吐く音のきこゆる病院寒し

脳からうそくふせぐ鼻呼吸体操を覚ゆれど語る父すでに亡く

身罷りしわが父つねに「大丈夫」と拙きわれを見守りくれき

ひもすがら二兆個の流星かがよふとぞ宇宙遥けき闇にこゑなく

草かげ

いづこにも雪虫とびてわが庭は柘榴の黄葉日に透きとほる

口にひびく獅子唐辛子かみながら思ひをり民《たみ》を飢ゑさする隣国とは何

氷片の尖《とが》れる光に触るる音とほき山椿散りやまぬおと

草かげに白き羽根閉づる蝶に遇ふ孤高に死ゆく姿とおもふ

わが実家ありし香里園といふ駅がまどろむひまに遠離りたり

ためらはず身勝手をいふ同胞《はらから》の本質見がたし同胞なれば

霜月の曇おもたくしむる身に堪へ難し賀茂川いそがぬ流れ

凍《し》み透る紫陽花の藍見てゐたりなほ霽れがたきひとつ悲しみ

ポケットにひかり震へて携帯電話幾たびも鳴る僥倖の如

後退のなし

愚か愚か飲みたるコップ一杯の水に育ちゐしノロウイルスは

腹痛のしづまりがたき春の夜半また降りいづる寒き雨おと

さやさやと馬酔木白き花散る夕べユリカモメ去らむ日本上空

春の雷とどろきま昼ふる雨は霰のまじる雪となりたり

あらし去り満つる光に若葉繁るこの蜜柑の木後退のなし

初夏の日のひかり霧らへばみどり濃き陰影投げあふ庭の木群は

豆ごはん作らんとしてむきてゆく京賀茂豌豆にほふわが家

豌豆の皮飛び出でしさみどりの豆の光はわが顔照らす

「旨い」とふ弾ける声をきつかけに豆ごはんの青はじけをどらむ

持続するひとつ苦悩に新しき苦悩の生れて五月逝きたり

熱きシャワー身にそそぐときわが髪は忽ちすずしき朝の香にみつ

現世も来世《らいせ》も砕けんまで荒れてわが身打ちやまずこの春嵐《はるあらし》

あらし去り月光かがよふかの峡の桜は花芽噴きつつをらん

わが庭の深処に育つこの蜜柑甘きものあり酸ゆきものあり

曾祖父

不順なる夏なりしかど向日葵の萎えし花より種子落ちつづく

たどたどしき日本語なれどひたすらに言ふこのベトナム人の学び尊し

抑へがたき感情透けて愚かなるわが声留守番電話にひびく

秋桜の花さく向から比叡山黄に色づきて道昏れがたし

線香のけむりに乗りてみ仏の来たると僧侶の曾祖父語りき

種子ひそむ庭の凍土《いてつち》青じろく冴ゆるまで射す元日の光

わが庭の一本の桜桃あかき実よ去年は三個ことしは十五個

学べよとわが贈られしパソコンの蒼き光に戸惑ふばかり

ハミングし歌ふごとくに指弾み学べるものは形とならん

病室のアルコールの香もいとほしく母の傍へを去り難くゐき

ノロウイルスおそれいましめて手を洗ふわがまぢかくに蚊はとびそめぬ

深紅なる花の実なれど椿《つばき》油《あぶら》にわが長き髪いたはりて来し

ふるさとの土佐海遠く離りゆくバスにてしばし涙ぐみゐき

戦争はしてはならぬとつぶやきし亡き叔父のこゑ若きその声

朝谿にくるほしく湧く青浪を車窓に見たり忘れ難しも

余震

震災をきつかけにしてやうやくに節電する吾をゆるしたまはな

わが貌に張りつくやうにあたたかきけふの春日の悲しくてならぬ

今日もまた余震やみがたきフクシマの速報ニュースのはなつ閃光

放射能を怖れずひたすら原子炉に働きくるると聴くにをろがむ

ひりひりと喉《のみど》乾きて熱きまでひとつの想ひよみがへりくる

飯舘村にとり残さるる牛たちの傍へ離り難きこころをおもへ

わが裡の死への恐怖を改めてひきよせ思ふ大震災以降の世界

うつしみの闇にひそめる死の恐怖遥けくなりて眠りゐたりき

夜闇あをき光放ちて賀茂川の早瀬ひかるは魚跳ぬるらし

仲間らの援《たす》けを受けて歌の会盛りあがりゆくこのうつつはや

胸に吹く嘆きやまねば金木犀咲くさへ気づかず九月はや逝く

幼女

いづこより来る花の香か雪やみし夜の闇にするきのふよりけふ

節電の地下ホーム暑くあゆみ来て振り向けば浅葱の灯のいろ寂か

節電の地下道歩み懐しむニューヨークの地下道パリの地下道

何事も無かりし如く日々の逝く震災被害者数十万の日本

何の役にもたたざる吾にありしかど悲傷のこゑは胸にひびける

東北産の米野菜若布など購《あがな》はん眼《まなこ》凝らして探しゐたりき

京都小さきマーケットには見出し難き遠き東北の食料品は

米や昆布など東北産購《か》ふことが主婦わが仕事となりて一年

髪あかき幼女とあふぎをろがみぬわが亡き祖母の若き写真を

舟山の朝霧ゆくりなくはれて竹叢あをくけぶる風みゆ

北山しぐれ遠ぞく昼の厨にて糖蜜黄に透き光りはじめつ

化粧水掌《て》に溜めながら遠き日の想ひよみがへる朝光のなか

しやうが紅茶

新年のひかり幾重にかぎろひて鳴る鐘去年《こぞ》とかはらぬものを

東北より遠く来たりて病む鷺かこの岸のべにこころを癒せ

わが体にひつそり育つポリープもあをざめをらむけふも雪ふる

うつしみの闇にひそめる死の恐怖遥けくなりて眠りゐたりき

摘出せし大腸ポリープ凛りんとわが顔照らすてのひらのうへ

ポリープを除去して軽くなりし身にしみ透るなり如月の日は

しやうが紅茶にぬくもるからだうちめぐるわが脈動を聞くはさびしゑ

物を見るすなはち神《しん》を見つめよと導きたまひしみこゑ忘れず

大雪となるさきぶれか暁の臥床に冷えて手のひら乾く

今年またしろき息吐きシベリアに帰るころゐあげユリカモメ無尽数

もどり来て父母《ちちはは》すでに棲まぬ家の廊下を踏むは冷たさを踏む

近衛隊にてはたらきたりしわが祖父の銃もつ凜々しき写真一枚

降る雪のやまざる夜《よ》の湯に浮きしづみ灯る冬至の柚子のかなしみ

銀いろの春の靴買ひ玄関にいまわれは立つひとつの転機

炎潮

遠く来て夕風さむき畔のみち津波のはこびし青貝光る

行方不明者をいまも恋ひ待つこの町に哀しとどろきやまぬ潮騒

三陸の湧く夜の海くろぐろと炎潮《ほのしほ》たぎる音と思ひき

崩えし壁のこりてきしむ家裏を見つつ幾つの町を越え来し

蒼穹の光ひきよせとび発ちしかのユリカモメいづこを翔ぶや

わが内の鬱くるほしく発光する如ぬくもりて朝床に覚む

庭うらの真夏日けぶる草群に病葉の黄の光吸はれをり

み社の神山湧水《かうやまゆうすい》手をのべて近づくわれにきらめき光る

意識遠くなりて睡りし四十五分病む母忘れしを宥したまはな

秋彼岸のくもりを裂きてかの海に月光あをくとどきてをらん

龍馬の浜

町屋根に新雪しろき朝あけて東福寺の鐘かがやき聞こゆ

大寒のあをき朝の日すくふやうに立たす路傍の野仏に逢ふ

熱病みて家ごもる日々恋ほしこほしふるさと土佐のま青きの海よ

龍馬像まぶしみあふぎかの浜に少女わが吸ひき熱き潮の香

四肢めぐる肺炎球菌とたたかふかわが身そばだつ生薬にがし

地吹雪の去りて梅にほふ庭に佇ちやうやく癒えし吾かとおもふ

おのおのの位置を守りて体罰の是非語りあふテレビを消しぬ

ただ孤り傷めつけられ苦しめるかの若きらを置き去りにするな

中国より微粒子とび来る青ぞらに千鳥らしきり鳴きあふものを

四国八十八箇寺遍路にゆく人を見れば老人のなか子どももまじる

金剛福寺の椿の大樹を見てかへり万葉集の歌を写すも

渡り鳥ユリカモメ遠く去りゆきし川波のうへ春日きらめく

事成らず禱《いの》り逡巡する日々か南天の紅実かたち失ふ

悩むわれを救ひたまはな神社《かむやしろ》の楠の大樹の幹に手を置く

斎王桜

山寺の朝の鐘の音《ね》波だてる地下道出づれば新雪まぶし

くれなゐに寒椿咲く木下闇過ぎて足裏《あうら》のほてる感触

八千五百キロはるか邦人人質の光凍れる映像を見る

ペンをもつ指先震へる冬夜にてこころの痛みいづこより来る

砂漠とほく拘束されし人の無事祈りめさむる冬夜幾たび

善悪のけぢめなき暴挙告げやまぬイスラム過激派の本質は何

なべてその本質見つめぬくべしと佐太郎『純粋短歌』論に言ふ

自称イスラム国けぢめなきあまた暴挙より払ひ捨つべしその残虐性

夜《よは》さめて聴きをりしかば遠退《とほぞ》きし冬の雷《いかづち》ふたたび近づく

みなもとは地の底ふかき梅の木に日々咲けば日々近くなる春

早春の田の上《へ》差しくる朝光《かげ》よ長病める母のあしたを照らせ

思はざる空の高みに鳴き出でてユリカモメのこゑ朝茜のなか

街川の波おとひびく夕闇に揺れて斎王桜やすらふ

雲間より洩るる月光に散りてなほ花やぐ桜のはなびらあまた

ファックスの送稿にけふもどぎまぎし時代《ときよ》に遅れ生きゆく吾か

靄

虹いろの靄にうるほふ街の灯にまぎれなべての哀傷を捨つ

夏峰の蒼きまひるま鳳仙花のまろき実沈むその川のおと

台風の余波をりをりに対岸の風は河鹿の鳴くこゑ運ぶ

朝顔の幾すぢの蔓ねぢれねぢれとめどきなきわがこころの葛藤

夏靄のなか涼しくも聞こえをり鐘を揺りつつ聞こゆ鐘の音

昨夜の雨晴れてすずしく香《かう》にほふ六角堂の門前に来つ

花いつぱい両手に抱へ亡き祖父母と墓参りしたる三歳児われ

戦死せしわが子をしのびて仏前に合掌せしまま逝きたる祖母よ

わが嘆きしづまり難く雨すぎてうるほふ星の光をあふぐ

ま夏日の理非なき暑さいづこにも金柑の実の濃緑ふとる

声もなく速度あげつつ御苑とぶ鳩の翳鋭し晩夏の光に

ぎんなんの葉陰に芽ぶく寺町の舗道ゆく人あをき影ひく

朝もやの窓はるるころ蹠の冷えて失意のわが目覚めをり

宮城にて

樅大樹に彫《ほ》られし「津波到着地点」の疵反りかへり春の日に照る

大津波に呑まれて二年牙のごとく枯れし白木は天刺す形象《かたち》

夕茜あかき時間を額づきて観世音菩薩のみまへにゐたり

朝床に醒めし時のま小函よりふいにながるる流亡のうた

北上町の山里にさく桜花近づき見ればくれなゐの濃し

被災地のいまだ行方不明の人さがし自衛隊員いま海波の中

二千年余災害に遭へど知恵しぼり闘ひし日本人の力《ちから》信じん

昨日《きそ》ふりし雨のなごりを蹴りてとぶ枯芝に鳥の声ぞこぼるる

み社に七五三詣りの幼児ゆく金銀きらめき鳴る鈴のなか

風

さくら色に夕焼けしつつ上賀茂は春のキャベツの太るころほひ

淡雪のまた降りいでし清水寺《きよみづ》に甘酒すする女優の目青し

たえまなく尖るあを波凍《し》み光る流木いだき宇治川のゆく

国見とふ駅過ぎてより蔵王山近づく新幹線加速を終る

蔵王蔵王わがあこがれ来てけふ仰ぐ樹々に四月の光きらめく

わがつひに来りて車窓にあふぎをり早春蒼くそびゆる蔵王を

仙台を出でて七時間遠く来し南三陸町は田畑枯れ行人の無し

南三陸役場に村人まもり逝きし遠藤未希さん行年二十四歳

大津波を知らす責務をまつたうし果たしてつひに孤り逝きしか

みちのくの潮風濛《くら》くきしみ鳴る鉄柱赤きビル跡に立つ

きいちごの紅《くれなゐ》のジャム凝りをり懺悔のごとく風やみしかば

四天王寺に青年僧らのふとき声ひびきて東北の海産物売る

震災の津波に耐へて粒大きく育ちし牡蠣がわが顔照らす

三陸の沖の輝《かがやき》しづまらむ気仙沼ふかひれスープを買ひぬ

こころ狂ひ窓うつ風を聞くわれのいのちをかけてせしものありや

福島米

春一番とふ疾風寒く細みちを歪み聞こえく東福寺の鐘

震災の津波に耐へて今年また青田はあをき花穂かかぐとぞ

福島の友が育てし新米のにほふわが家《いへ》ほのかにぬくし

比叡颪《ひえおろし》のまた吹き荒れてさむき朝大文字山蒼白く照る

やみがたき悩みもてれば今宵また躰《からだ》ぬくもりがたく横たふ

愚かなる猫と思ひてゐたりしがおのれを識らぬ我より賢し

ゆくりなくわが刻みゆく春キャベツみづみづとして苦悩を祓ふ

逝く春のあめ降りいでし賀茂川に押しあふ皺波昼のかがよひ

紫野《むらさきの》暑き五月《さつき》を母の帽子かぶりて母とともに歩まな

式年遷宮

神山《かうやま》の紺青にふかき夕べにて秋の月のぼるまへの静寂

遠祖《とほとや》の古代のいのり吹く笛のおと厳かに夕月さしをり

神山よりくだり吹く風透きとほり遷宮斎《いは》ふ笛の音はこぶ

いつせいに焱《ひばな》の如く啼きて散る山鳩は杜の闇ひらき飛ぶ

第四十二回式年遷宮の空かよふ風に薫りて橘浄し

風かよふ神山のうへみづみづとのぼる夕月おぼろにみゆる

秋宵の式典のかたへつつしみて神杉いさぎよき巨木を仰ぐ

み社を幾曲り来し明神川水音すがしきほとりを歩む

北山しぐれ

すぎ菜のしたたる緑にほふ昼北山しぐれたちまち遠し

安保法案は戦争法案かこの国の未来憂ふれば眠りがたしも

子ら暮らす関東に大雪降るといふニュースに寒し吾は親なれば

西賀茂の野の冬虹にぬれしわが黒髪揺れつつ地下道をゆく

ＣＴの画像にあをきわが腸の映らんとしてさむく揺るる時

ゆくりなく記憶ふたたび甦り事を悼むは己れを悼む

悔やしかりしあまたのことも流ししか彼の日の大量出血せし吾《われ》

いつよりか笑顔忘れしわれかとも朝光《かげ》に身の冷えつつ気づく

惑ひつつ生きをりしかば降る雪のなか咲きそめし山茶花に逢ふ

大寒波に暁闇凍る六時半勤めに出づる夫を見送る

光炎のごとく聖なる根雪照る叡山まぶしく雲霽れわたる

雪の行きとどまり難き大寒の日にシクラメン萌ゆるくれなゐ

枯草のあはひ新芽のむつくりと生ふるまぶしく水の辺をゆく

わが病《やまひ》やうやく癒えて星光る夜ぞら過ぎれる時雨《しぐれ》にぬるる

冬樹々の芽吹かんとして押し合へる岸陰《きしかげ》すごき賀茂街道ゆく

秘密法

比叡よりふく風凍る岸のべの夕べぞ繊き冬の月みゆ

とどまらぬさまに梅咲く傍らを行きつつ萌《きざ》す哀しみは何

けふもまた臥床に横たひ秘密法に潜む恐怖を忘れてねむる

わが嘆きしばし忘れて山形のさくらんぼの紅《あけ》かみしむる時

満潮の炎とたぎるかの岸に辛夷花びら照りあひをらん

汚染廃棄物最終処分定まらぬフクシマ思ひこの国おもふ

「仮設では死にたくない」とつぶやきし八十代半ばの被災者の友

北山時雨はれし時のま梅の木は百蕾抱《いだ》く近づき見れば

容赦なき炎暑のあらしに揉まれつつ紫紺まばゆし賀茂茄子太る

しなやかなその掌《て》に握る酢飯の上《へ》むらさきの茄子添へて食はしむ

わが背越え風にさやげる若竹の断たれ刃《やいば》の疵より芽ぶく

うつしみの重き曳きつつまぶしむか真直ぐにかがやく飛行機雲を

日に透きて芙蓉の残り花揺れゐたり奥琵琶湖の村電車に過ぎれば

赭き月蝕

暁闇のあをき大田の森かげに湧くみづ音は太古のみづ音

ひとときの赭き月蝕ちかぢかと飛行機のとぶ点滅しながら

月蝕の日の余熱ある夕まぐれ鳴くこほろぎの声澄みわたる

浜風に白光ゆらぐ秋蝶と思ひ近づけばかがやく黄の蝶

旧友のわがためことさら描きくれしさくら花美しき茶碗を抱く

ゆるやかにミルクの香り拡げつつわれの腕にみどり児眠る

心萎え戻りし径に黄金色に稲穂色づきわれを励ます

茨城につづき福島宮城へと豪雨ふるとぞ聞きて寒闇

頬をうつ雨雫ひとつゆつくりと流るるまにま想ひ出恋ほし

思ひきり児らの声ひびく植物園祝日暑き秋のかがやき

つかのまの秋日さし込む街の花舗おのおのの花彩りの濃し

逝きし君の短歌《みぢかうた》ひとつくちずさむ渇仰の想ひせつなきものを

花水木

庭うらの闇さむきなか深紅なる椿の咲くを日々目守りつ

冷淡なる視線わが身に突き刺さり哀しみは胃痛となりて現はる

花水木ひるがへり咲く下蔭に熱病むわれのこゑなく歩む

三歳のその姉のこゑ聴きとめてみどり児が耳澄ますたまゆら

朝光のなか疲労濃き夫の眼二重《ふたへ》となれり一重《ひとへ》なりしが

愚か愚かわが思ひ込みみづからを縛り極限に追ひつめゐたり

宝ヶ池のハナミヅキの花道のべの野すみれの花ともに吹かれて

狭庭べといへどひと生に植うるもの多しと言ひし亡き祖母思ほゆ

北山連峰に虹たつま昼弾けたる芙蓉の絮実《わたみ》光りつつ飛ぶ

わが嘆きしづまるものかほの甘き柚子飴が喉にほぐれゆく時

賀茂茄子の太れるあした諦めゐし願ひふたたび光帯びくる

偶《たまたま》にいふわが言葉人からひとへ伝へられゆきゆがむさびしさ

やみがたく悔しみを呼ぶ記憶の層つらなる闇のなかに眼を開《あ》く

したたかに時雨に濡るる竹群のなか尖り立ち若竹ひかる

焦るなくされど早急に学ぶべし夫は客観視してわれに言ふ

雪の雫

わが心ひそかにときめく紅梅の日ごとふくらむ降る雪のなか

午《ひる》すぎの日照雨《そばへ》にためらひ家路たどるわれを濡らしてすぎてゆきたり

いつよりか小鳥ら去りてふる雨の鋭き雹となりて窓うつ

陽光《かげろふ》のなか揺らぎ来し観光バス修学旅行生おほかた眠る

ひたすらに体操をするわが額の汗は硬質の如くに粘《ねば》し

雪の日の上賀茂神社にひとり来て雪の雫《しづく》にぬれて祈りき

みやしろの全山樹氷に輝ける空つらなれりユリカモメのこゑ

つるりとせし童顔の影あはくなり厳しき翳り加へゆく子よ

中国を刺激せぬとふ無用なる配慮がつねに事実曲げ来つ

鴨の襲撃かはして死にしふりをせし大鮒荒あらしく動きはじめつ

背《せな》さむくわれの全身締めつけて決断うながすもう独りのわれ

うつしみに抱く希ひにかけわたす昨《きそ》の夜のまた明け方の雪

かへりみて悔なき身にはあらねどもただわれのみの罪とも思へず

わが家の黄の壁光り好天の丘より見ゆる良きことあれよ

きさらぎの光しづけき梅の苑きしむ如くに蕾《つぼみ》照りあふ

白き石

伊勢神宮御白石持行事奉献、四首

木遣り唄熱くきこゆる伊勢のそら吹く風のなか夏潮にほふ

「ヤットコセ　ヨーイヤナー」とうたふ声ひびきさやけし胸開くまで

伊勢神宮式年遷宮に白石をわが奉納する幸に逢ふ

つつしみて遷宮に先立ち新正殿にわれも真白き石ひとつ置く

薄明のみ社の杜しんしんと生れしばかりの春蟬のこゑ

末枯れんとせし紫陽花がこの夕べ雷鳴ひきよす雨に咲きをり

離れ住む母の追憶に繋がりて紫陽花の藍にそそぎ降る雨

新薬の容易に購へるこの国を危ぶむわれも薬剤師なれば

換気口を出で入る夜風に強弱のあり梅雨前線うごきゐるらし

石榴若葉の油照る昼やみがたく頬こはばれば雨の恋ほしき

九条葱

比叡颪にもまれ咲きをり雲よりも白き冬薔薇ちひさけれども

九条葱のしたたる緑にほふ昼幾たびの時雨くぐりしものぞ

わが心をどりてつひに成る虚構あはれ夜の床に目覚めてをはる

アルツハイマー病にココナツオイル効くといふ情報一つわれは喜ぶ

認知症病む母茫々としのぶ昼安保国会閉会されたり

春あらし去りし祇園に梅のはな椿キンカン共にいきほふ

児童あまた津波にのまれし大川小学校思ふ夜しきりに奥歯の疼く

北朝鮮拉致問題の解決の遠退くさむき静もり悲し

今なすべきをみな成したりや今日もまた青空仰げど湧きくる不安

やうやくに癒えゆく吾か痛みなく心を過ぎて鐘の音きこゆ

半木の道

しんしんと身に湧きいづる苦悩ありものみな狂ふごと芽ぶく春

尖る新芽捩れる新芽ひつそりと青ぞらにむかふ朝光《かげ》のなか

半木《なからぎ》の道の花びらよぎり来し夕かぜ聴こゆ耳朶透くまで

半木の夕みちの桜ことごとく水面にむかひ輝きはなつ

腐《いた》みつつこの夕道に花びらの熱く息づく落花のひと片《ひら》

手のひらに小《ち》さき桜の花びらの命いだくは浄土を抱く

地震《なゐ》の強きに滅することなく赤あかと熊本西瓜棚にかがやく

この夕べキムチに熊本大根の細切りをいため辛きかみしむ

鍋肌から加へししやうゆにシヤキシヤキの大根キムチ絡まる旨し

ジヴエルニーの庭さむざむと睡蓮の花かげあをし日の入る夕《ゆふべ》
（モネ展にて）

歳月

春あらし去りしみ社の白砂に散りてにほへる青梅あまた

梅の実のあをきを干せる日の光《ひかり》かがよふ傍へ神馬をりにき

式子内親王がひとを恋ひつつ手触れたる枝折戸の跡かをる夕闇

立ちつくす吾《われ》のめぐりに榊葉のしづくしやまず神岳《かむをか》の杜《もり》

うつしみのわが見つつゐるさかき葉の若芽だつ鋭《と》き光を散らす

古の闇たちかへる水のべに揺れとぶ螢がわれに近づく

まなかひにあをき螢火ゆれまどふ闇に佇ちゐて心痛々し

失ひし路の涯《はて》くる螢火か計らひ知らぬ光をさなく

思ほえず謎の閃き還り来んみ社の闇につつしみて居る

闇みつるひとらの哄笑ゆれゆれてとよむ悔しき歳月おもふ

身をまろく折りまげ死にし春蜂の骸《むくろ》との対話ためらひもなし

しんしんと春蜂の一生支配して過ぎし降雪の葬祭いくつ

新生

御手洗《みたらし》川あをき螢火照り翳りゆれつつ光り夜闇照らす

やすらかに螢のあをき火したたりてみ社の奥にあふるる夕べ

とどまらぬわが残生とおもふまで殺気なき螢よ掌《てのひら》のうへ

天まぶしく建て替へられゆく新生の熊本城をわが尋ねたし

秀吉と家康との葛藤すごきに堪へ熊本城建てし加藤清正

その性の明かるきゆゑに清正の熊本城七年の間にて建つ

ただ一本強震にのこりし飯田丸櫓にこもらむ清正の魂《たま》

うるほへるキムチに熊本大根の細切り加ふる友のふるさと

星明り

ゆく夏の木草の根方蟻さむく働きわれは孤独にあらず

朱夏過ぎてやうやく白秋に入らんとす蜻蛉透きつつ光を運ぶ

まつはりて色づく葡萄を蜂揺らす危ふき刻のほてる夕闇

岸のべの桜黄葉に雨そそぐま昼さながら孤愁にかがやく

賀茂街道の埃を洗ふ雨過ぎてわがゆく彼方新月の冴ゆ

賀茂街道の桜木の闇つらぬきて暮るる川岸星明りする

たらたらと茱萸の葉銀に照りゐたりテロのニュースの報じらるる朝

ヒトに近きカニクイザルの受精卵に遺伝子現はる不可思議なれども

四光年離れし恒星に地球に似るあをき惑星発見されたり

十月桜

わが来たる淡路島の丘いただきに太平洋の雲影うごく

さきはひの未来界より吹く風に薄紅《うすくれなゐ》に咲く十月桜は

花すぎし紫陽花の枝に触れをればよみがへり顕つ藍の荘厳

尾をひける青き雲みて居りしかば朝の日寒きくれなゐのもる

霊山寺にまうできたりてトランプ氏の大統領選挙勝利をおもふ

震災に痛みわけあひ處しく生くる福島の人の言葉よ

揺れながら死を思ひしと大震災に遭ひたる恐怖をまた友の言ふ

みづからを客観視せん暁闇に目覚めしわれかわれを見てゐし

祈る日々

みどりごの病むとし聞けば祖母われは愚に家ごもるただに黙して

わが息のみだるるままに夏の夜の烈風ひき寄せ祈る日々あり

三月《みつき》まへ祖母わが抱けばおびえつつなきし幼の病よ癒えよ

秋あらしやうやく去りて友の棲む地震多きフクシマ如何になりゐん

湖《うみ》出でし新月あをく輝かん橋渡りゆく子の肩先に

よもすがら月ねむらずに照りとほる庭青あをと蜜柑の太る

凝らす目に星ひとつ見ゆ宵さむくひとすぢに鳴く鈴虫の声

灯を消して心しづまれば去りゆきし友いとほしく思ふ時あり

一本道

展示さるる龍馬の手紙読む窓辺いつとき雪降りいつとき雪晴る

遠くとほく夕焼雲の炎《も》ゆる窓わがたましひを養へる窓

「新国家」といふ言葉にて新政府樹立夢みし龍馬の手紙ぞ

その暗殺五日まへにて書かれしとふ「新国家」の文字伸びのび美し

雪蛍飛びいでしより二週間経たるわが町雪降りしきる

塔おほひ高峰おほひし雪晴れてこの一本道ひかりはじめつ

さはやかなる暁光のやうに音の鳴る明神川のほとり歩み来

われを刺す批難の矢あればひたすらに炎のおもひ堪《こら》へ黙しき

おそれつつ玉砂利踏みしめ来てあふぐ和歌の神さま衣通姫《そとほりひめ》を
（上賀茂神社）

かなしくも雲の間《ま》の涯《は》て青き空やうやく覚めし眼を開かしむ

しんしんと雪降りしきる街に来てもゆるごと赤きカバン買ひたり

不可思議の何かが通ふかゆくりなく後楽園駅に息子と出逢ふ

みどり濃き柿の葉寿司を売るところ過ぎて甘酢ゆくにほふ母の香

炎《も》ゆる窓

賀茂川の源流あをく湧く泉冬竹むらにしみいるを見つ

今年またうすくれなゐの冬桜こがらしのなかひらきはじめつ

あしびきの山の竹むら黄に照りて法雲寺さむく冬日かたむく

冬の日のかたむき早く凍りたる雪つむ橋にわが咳ひびく

ここに来て心痛いたし歳晩の雪吹く風のなかに目をあく

かのときのわがしんけんなる表情にただよふ悲壮さながら喜劇

火の粉とぶ如き立春の光あび雪積む玄関の石みち磨く

むらさきの金時芋煮る歳晩の光なつかしき追憶を呼ぶ

ああ今年よき年なれよあかあかと東山連峰雪にかがやく

トンネルを出でし車窓に雪片の炎《も》えながら飛ぶ初日《はつひ》のしづく

松のあぶら垂りて濃き黄に痕《あと》のこるわがかなしみを誰に告げんか

冬木立あらはになりて菱山は朝日透きとほる遠世のしづかさ

ここに来てこころは悲し新大統領トランプを選びしアメリカ悲し

四百年生き残りたる街かげの楠の大樹のさやけき響き

湖の辺

水銀灯ＬＥＤ《エルイーディー》あをき窓のべに人恋ひそめし遠き日の顕つ

やみがたき苦悩抱けば背《せな》いちめん炎たつごとしヘルペスを病む

北山しぐれ音なく去りて沈丁花の花の香あたたかき闇ひらくらし

麦酒飲み身の冷えしかば熱き茶をすすりてゐたり胃腸温《ぬく》めん

昨夜《きそ》のわが嘆き癒して卓上に林檎にほふは林檎かがよふ

枯草のあはひおのづから草の生ひ青きまぶしさ菱山のぼる

描きわれを励ましくるる九十六歳の歌友のきみの棲める菱山

人の世のこと忘れよとピアノ弾き聞かせてくるる友のへに居き

カーテンを透きて洩れ来るきさらぎの光青白く病むわれ照らす

ひもすがら雪に揉まれしシクラメン乾く花びら反りかへり咲く

きさらぎの日々癒え難くこもりゐて掌《てのひら》熱きこともはかなし

癒えがたき患者のわれを気遣へる医師か暗き目に処方箋書く

水仙のはげしくにほふ湖《うみ》の辺にわが少女の日のあくがれかへる

雪ののち凩《こがらし》絶えし湖の辺の浜にかたむく星かぎりなし

ただ一輪うら庭に咲く赤き薔薇霜に灼けつつ冬越えしもの

冬あらしつのりゐるなか一直線に風にのりとぶユリカモメ見ゆ

くらきより起きいでくればわが窓にかたむきて差す春の朝日は

ウクレレ

降る雨のなか聞こえ来るウクレレの楽こだまして梅雨明けむとす

朝光と照り合ひながら京都タワーめぐり一羽の白鷺のとぶ

朝の日にかがやきそめし金閣寺ちかきみ堂に鳩しづまりぬ

ちひさなる命寄せあひひくく鳴く子鳩らのこゑ涙ぐましも

哀しきことしばし忘れてわがあゆむ街は雨靄はれわたりたり

梅の実のあをきを干せる日のひかり逆まき狂ふと思ふまで猛暑

突然に大きジェット機あらはれて祇園四条の空うつる時

やみがたく梅雨雲の底はみ出でて轟音のとぶわが街寒し

この森に泉が湧きて近づけばわが身を刺せるまでにつめたし

幾曲がりためらひながら磐走る垂水《たるみ》すずしき大田社の森

今日ひと日無事に過ごせり北朝鮮のミサイル飛びて来ざりし安堵

庭うらに生ふる虎耳草けふもまたわれの恐怖のつぶやきを聞く

あとがき

本集は、私の第四歌集です。二〇〇三年頃より十五年間の作品を自選、収めています。

山あり、谷あり、波瀾の人生のなか、斎藤茂吉、佐藤佐太郎の熱き魂こもる写生、写実に魅せられ学び続けてまいりました。

日常生活のなかの清新な詩情を生きいきと掬いたい。新しい写実の可能性に挑みたい。私なりに才なくも一心不乱にあゆんだ歳月を振り返る今、改めて道の遠さを痛感いたします。

なにかと拙い私を遠くから近くからお見守り、御激励を頂きましたすべての方々にこころより感謝を捧げたく存じます。

「歩道」編集長秋葉四郎先生にはご多忙のなか常にあたたかく御指導頂き、この度は身にあまる帯文を賜りました。心より深謝申し上げます。

また「歩道」の大先輩や会員の皆様、平素はお見守り、お励ましを賜り感謝いたします。

青磁社の若き歌人、永田淳氏はわが家と指呼の近隣にて活動、御活躍されていらして不思議なご縁に有難くてなりません。なにかとご高配を賜りお世話様になりました。

表紙装幀の加藤恒彦様の朝日に輝くユリカモメは永く私を励ましてくれることでしょう。厚くあつくお礼申し上げます。

読者の皆さま、ありがとうございました。今後ともよろしくお願いいたします。

平成二十九年十月吉日

中埜　由季子

著者略歴

中埜　由季子（なかの・ゆきこ）

1945年、高知県生まれ。大阪薬科大学卒、薬剤師。15歳（高校1年）の頃より作歌をはじめる。結社「歩道」所属。歌誌「賀茂」主宰。歌集『町、また水のべ』他。第40回角川短歌賞受賞。元ＮＨＫ短歌講師。

歩道叢書
賀茂叢書

歌集　ユリカモメの来る町

初版発行日　二〇一七年十一月十六日
著　者　中埜由季子
京都市北区上賀茂豊田町一五（〒六〇三―八〇四五）
定　価　二五〇〇円
発行者　永田　淳
発行所　青磁社
京都市北区上賀茂豊田町四〇―一（〒六〇三―八〇四五）
電話　〇七五―七〇五―二八三八
振替　〇〇九四〇―二―一二四二二四
http://www3.osk.3web.ne.jp/~seijisya/
装　幀　加藤恒彦
印刷・製本　創栄図書印刷

ISBN978-4-86198-394-8 C0092 ¥2500E